ISBN: 978-99979-2-216-8

SUEÑOS Y EFEMÉRIDES DE PASIÓN

POESÍA

Efemérides de pasión

JALU

ÍNDICE

Proemio..1

Tu corazón...3
Amada inmortal....................................4
Fuiste mía...5
Eclipse..6
Primer beso...8
Trémula y azul......................................9
13 Baktun...10
Pasión exigua......................................11
Noviembre...12
De lo etéreo a lo infausto...................13
Cuerpo divino de mujer....................14
Oda...18
Nostalgia..20
Solo un segundo más.........................21
Calima..22

La duda..27
Instantes...28
Revolución..29
La mendacidad...30

A Morazán

Morazán..33
El Cruzador..35
Idus de septiembre.. 36
El señor del triunfo..40
Honra a Morazán.. 44

PROEMIO

La concepción de la vida está en la dualidad que experimenta día a día el ser humano; entre lo sublime y lo desleal, lo glorioso y lo infausto, el conocimiento y la ignorancia, la razón y la fe, incluso utilizar la razón para llegar a tener fe.
Aprender a coexistir en estas realidades y hacer lo correcto y no lo contrario, ya que como dijo Séneca "el destino guía a quien lo consiente y arrastra a quien lo rechaza", dejando en nuestras semblanzas alguna huella de lo más grandioso que el artífice del universo nos dio, que es vivir y amar o vivir para AMAR.

"No vayas adonde te lleva el camino. Ve, en cambio, por donde no hay camino y deja una huella"

RALPH W. EMERSON

TU CORAZÓN

Tu corazón indiferente
y mi corazón evoca en vano
los diáfanos sueños de pasión,
mi corazón inerme
ante los efluvios de tu desidia.

Mi corazón yermo en su vasto orbe
por la pérfida veleidad
y del paroxismo no queda
ni vestigio alguno.

Tu corazón indómito
rebosante de lisonja y gozo
y en lo profundo de mi sombrío
corazón, las evocaciones efemérides
como espinas atravesándolo.

AMADA INMORTAL

Cuando la luz se acaba,
cuando la obscuridad me abraza,
cuando los grillos me susurran,
es cuando más te pienso,
bajo la madrugada lúgubre
cierro mis ojos y mis pensamientos
van hacia tí, compelido a no olvidarte.

Y atisbando los momentos etéreos
que estuvimos juntos, se van
perdiendo en lacónicos recuerdos,
recuerdos que a veces escapan
dejando un vacío enorme,
vacío que solo tú puedes atiborrar.

FUISTE MÍA

En el seno de la oscuridad
recorro el páramo árido y frio
de un sentimiento perenne
que me subyuga pero al mismo tiempo
me libera en el cenit estival.

Fuiste la que anegó mi corazón
con ignotas emociones,
fuiste la isba acogedora
en mi vida nómada,
fuiste mía 5 y 10 segundos inefables
en el que nuestros labios se unieron,
fuiste la ilusión, el anhelo,
la estrella más brillante y más bella
que no pude alcanzar,
fuiste..

ECLIPSE

Tu belleza sin macula,
tu mirada concupiscente,
tu forma de ser, el amor que derrochas
e irradias en tu vida,
opacan cualquier defecto en ti.

Exiliado de tu corazón
por el infausto destino, confinado a
verte solo en el oscuro firmamento
como en un eclipse entre dos montañas,
eclipse que en el centro de tu pecho
encierra un sentimiento lascivo,
como un anatema
y solo el oporto me da la expiación.

Y en mi destierro tácito deliro:
Es agradable compartir aunque sea
una mirada, con esa persona que se
posó en tu corazón.

Litografía hecha por Lennon: EL BESO

"Un sueño que sueñas solo; es sólo un sueño. Un sueño que sueñas con alguien; es una realidad."

LENNON

PRIMER BESO CON AMOR VERDADERO

Vino la gloria hacia mí,
alienándome de mi mismo
y sucumbiendo ante la fruición.

Trémulo en una noche de desafuero
se trasluce un sentimiento inequívoco,
inmersos en el frio implacable
la ansiedad solo encontró sosiego
en el aliento de EROS.

TRÉMULA Y AZUL

Quédate conmigo esta noche trémula y azul
de sollozos efluvios lúgubres.

Quédate conmigo esta noche trémula y azul
y disfrutemos del paroxismo y la dilección
arropados bajo el manto de las estrellas.

Quédate conmigo esta noche trémula y azul
y no nos separemos jamás,
en el éxtasis infinito de nuestros corazones
solo las estrellas serán testigos
de nuestro arrebato.

Quédate conmigo esta noche trémula y azul.

13 BAKTUN

Si esta es mi última noche
quiero pasarla contigo.

Si esta es mi última noche y no estás,
quiero cerrar mis ojos y verte por última vez
o impetrar con vehemencia
en lo pueril de mis sentimientos
una última oportunidad para verte.

Si esta es mi última noche,
si el 13 baktun es verosímil,
si hice caso omiso de las admoniciones
la añoranza de no haber granjeado
mis objetivos, por lo menos
tener la oportunidad de decir,
TE QUIERO!!

PASIÓN EXIGUA

El haberte conocido,
el haberme dado la oportunidad
de estar contigo, aunque fueron
breves pero maravillosos instantes
en la profunda soledad de mi corazón
que tú amainaste en aquellos momentos,
me hicieron sentirme somormujado
en un éxtasis y escaldarme bajo tus
caricias, sabiendo que tenía
tu completo cariño,
pero la vida nos tenía caminos distintos,
dicen que;
"El destino es más sabio que el deseo"
siempre estarás en un lugar
muy especial en mi corazón,
me quedo con los recuerdos
de los juegos, sueños y arrebatos
idílicos de nuestra pasión estértica.

NOVIEMBRE

Fue en noviembre que te conocí,
fue tu compañía que anegó
mis días de soledad.

Fue una tarde de noviembre que me besaste,
fue tu alegría que me atrajo hacia tí.

Fueron las noches de noviembre
que no pude dejar de pensar en tí,
fue tu sonrisa que iluminó
mis noches lúgubres.

Fue en noviembre que me abriste tu corazón,
fue tu mirada que provocó el delirio
en lo abisal de mi corazón.

Fue en noviembre que tú y yo fuimos uno

DE LO ETÉREO A LO INFAUSTO

Tuve la oportunidad de probar
la gloria sublime al besar tus labios,
de entrar en un letargo etéreo
y en lo sosiego de un sentimiento vacuo
despierto con estupor
del ensueño efímero,
mancillado en el fulgor de la desidia
desdeña en lo fragoso toda dilección
y en mi soliloquio contumaz, compelido
por el camelo del inicuo destino
la celada del infierno dantesco
hace de tu rechazo tácito
mi destierro del paraíso

CUERPO DIVINO DE MUJER

Niña vivaz de ojos claros
Cuerpo divino de mujer
En mis sueños te quiero envolver
Y anegarte con amor indisoluble

Niña chispeante de mirada libertina
Tus pechos de mujer encierran en un eclipse
                                 lejano y profundo
Los más oscuros y licenciosos pensamientos
                                 del mundo
En la lontananza de mi ensueño utópico

Niña salerosa de finos labios
Que no he de volver a probar por el destino
                                 enemigo
Y nada de lo que veo es nada si no estás aquí
                                 conmigo
Por qué sigo escuchando tu voz
Por qué sigo escuchándote en cada latido de
                                 mi corazón

Beber de la copa de tus pechos
Ahogarme en el piélago infinito de tu
                                  existencia
Aspirarte en todo tu ser y esencia
En anhelo eterno extasiado de tu encanto

Cuerpo sublime de mujer
Decir que te deseo que te anhelo y mas
Es un decir que te quiero para siempre jamás
Con sentimiento de eterna novedad

"Si no quieres sufrir no ames, pero si no amas ¿Para qué quieres vivir?"

SAN AGUSTIN

Parque mirador La Leona

Atisbando el paisaje de la ciudad
tiñéndose la tarde en fusco,
resonando en los ensueños los
                murmullos de una leona
cuyo honor da nombre a este excelso
                                  lugar.

Sentados en una banca de la plaza del
                                parque
mi mirada recorriendo tu cuerpo,
tu mirada esquivadora del mío
más no sorteadora de mis caricias.

Despertando de la modorra del ensueño
evocando la remembranza en mi mente;
el morder tus mejillas con mis labios,
un susurrar en mi oído: ¡Hazlo otra vez!

La escalinata eterna hacia ti,
el camino infinito a tu corazón
son los retos que con vehemencia
y diáfana dilección tengo que lograr.

Y en lo prosaico de mi pamema
el rescoldo de la efeméride
me hace escalar al pináculo
esperando verte junto al farol.

Tu rostro dulce y tu mirada desenfrenada,
beldad en pugna al columbrar el
                      panorama de la urbe
dos vistas, dos éxtasis, un amor, un beso,
un susurrar en mi oído: ¡Hazlo otra vez!

NOSTALGIA

Fueron felices desde la primera vez que os vi
cuando haberos escondidos bajo la noche
                              subrepticia
vuestras miradas se cruzaban cada segundo,
vuestros pasos os acercaban cada minuto
¿Qué decid? ¿Cómo encarad ese instante
                              estértico?
ese instante en que ved reflejado
el brillo de la luna en vuestros ojos
pero la mies que germina en vuestros
                              corazones;
déjole a él ese sentimiento inmarcesible
de efímeros laceríos de amor,
a ella déjole solo un recuerdo vano
del bullente follaje de invierno
y en lo desdeñoso de esta reminiscencia
estáis solo en una prisión de sueños
en la epifanía de la modorra
quédole diciendo a luz de luna:
os FUI FELIZ

SOLO UN SEGUNDO MÁS

Ahí está el detalle
como vivir sin esa sonrisa perfecta
en tu rostro que resplandece
con la tierna luz de tus ojos claros
un cuerpo un alma
encendidos en ardiente pasión
y en la trémula oscuridad de la noche
miro al cielo en mi delirio
maldiciendo al tiempo
solo un segundo más hubiera bastado
eres la que con tu hálito sosiega mi tiriteo
eres mi obsesión eres mi necesidad
eres libertad para mi espíritu

CALIMA
(EPIGRAMA DE UNA PASIÓN)

Era una noche de verano, la brisa de un lago cercano sosegaba la calentura de aquel lugar, que como muchos era un rincón perdido en el sin fin de un país, el refugio bullente, era llamado Calima, se podía advertir un paraje feraz en el cual había una riqueza natural sin igual atisbando el follaje y en particular atraía la mirada, una flor muy especial en forma de estrella con unos chocantes colores de distintos matices en especial el rojo que anegaba toda la comunidad, mujeres muy hermosas se paseaban por todo el lugar con atuendos muy llamativos, en dicho sitio se podían apreciar todo tipo de juegos licenciosos, bailes y bebidas nativas del cual degustan los pocos visitantes que logran descubrir ese disoluto regazo.

Era una noche de estío cuando la soledad
que siempre fue mi fiel compañía, se
evaporó en el celaje de una sensación
desconocida, avivada por una presencia.
Era el epílogo de una noche de canícula
la presencia con visos de su candor
y de su ingenuidad me atiborraban
con una mudez queda, en ella se ciñe
toda la beldad que alguna vez pude
apreciar. Su belleza envuelta en una
mirada gacha, una sonrisa tímida, un roce
tierno de manos, siento la piel tersa entre
sus piernas níveas, siento su aliento sin tocar
sus labios rojos.
Era una noche de plenilunio, nos quedamos
en silencio hasta el amanecer, liados en su
esplendor, escondiendo su inocencia y
candidez en una promiscuidad que dejaría
con pasmo pero igualmente arrastraría con
su irradiable lindeza a sus pies al propio

Giacomo Girolamo Casanova.
Y en el cenit del alba, su lisonja pueril
por momentos me hace acariciar
lo etéreo de su veleidad,
alcanzando la cima del cielo y atravesando
las imágenes plasmadas en las nubes
sonrojadas en sus arreboles mejillas
y sabiendo que no eres mía, ni de nadie
y de todos en un afán del destino porfiado
por hacerme ver mi propio alud inminente
hacia el suelo de la realidad,
sintiendo como si me tirara del Léucade
y en mi despertar solo espero regresar
algún día a ese tanto paradisiaco como
impío lugar que aviva cada día el deseo de
encontrar el camino a.. Calima.

"Si no haz descubierto nada por lo que morir, no eres digno de vivir"

MARTIN LUTHER KING, JR

El pensador del escultor francés Auguste Rodin

La Duda

Maldita Duda
En el Vacío Inerte
De un Sueño Ingente
Los recuerdos vagan
Haciendo escarnio en mi mente
En mi Alma, en mi Corazón
Y Circunspecto en mis Razonamientos
Trato de que No me Afecte
Pero el Sentimiento No es Inocuo.

INSTANTES

Hoy es un día especial
del cual emanan vientos de nostalgia
atraídos de recuerdos lacónicos
e instantes etéreos.

La vida nos da una prueba
de estos abigarrados sentimientos
y hay que vivir cada momento,
cada minuto, cada segundo,
cada instante; con alegría,
con tristeza, con risa, con llanto
y no dejar de Ser, por temor.

Eso es VIVIR..

LA PAZ DEL FUTURO

Ser Revolucionario es haber alcanzado
un alto grado de Conciencia
en el que se enarbola siempre
y en todo momento la bandera
de la Razón, la Verdad y la Libertad.
Aborreciendo en cualquier circunstancia
todo tipo de Injusticias.

LA MENDACIDAD DE LOS MOJIGATOS DEL PATIO

En una sociedad que atisbando dirigirse hacia el precipicio de la degradación solo observan el alud perentorio sin inmutarse, en una sociedad donde se flirtea con la mentira y muchos que con visos de cambio y sueños quiméricos, pretenden generar adeptos pero lo que generan son detractores ya que con sus acciones solo demuestran lo pernicioso, lo ignominioso, lo insulso, lo pérfido y lo aciago que son, en una sociedad donde aquilatar a una persona se ponen en juego los intereses personales y no los colectivos, ya sea producto de la ignorancia indefectible en una sociedad retrograda sin ningún tipo de conciencia, debido al poco acervo cultural de la misma y su desidia taxativa por buscar la verdad y decidiendo mantenerse al margen, en una sociedad donde el hambre persigue al hombre, llega el momento en donde no cabe la inhibición ni la neutralidad y tomar la posición correcta es determinante.

"Morir por la patria, es vivir" *

JOSÉ MARTÍ

* Posiblemente lo dijo después de estudiar la vida y obra de Francisco Morazán.

Estatua de Francisco Morazán en San Pedro Sula

MORAZÁN

1792 la dama señorial dio a luz
a un riflero magnífico
primer y más grande revolucionario
de Centro América.

Jacobino glorioso de este istmo,
tu carácter indómito
y tu praxis revolucionaria
quedan plasmadas con tinta indeleble
en el hado de esta tierra.

General en jefe
del ejército protector de la ley,
tu genio poderoso
y tu desprecio por la muerte
desafiando al latifundio colonial.

Benemérito de la patria,
adalid de los pobres,
la pérfida de los innobles
y la imprecación de los aciagos
te hicieron protagonista
de la tragedia más grande.

Hombre mítico, luz de los desposeídos,
camino de los jóvenes que portan
tu estandarte con denuedo
llevando tus ideales en el corazón.

Importador de ideas exóticas,
general incansable y estratega como
ninguno, pasionario por la política,
estadista acérrimo y vehemente.
Tu estoicismo en situaciones
inopinadas y azarosas
solo demuestra la grandeza de tu espíritu.

EL CRUZADOR

Bergantín portentoso que lleva a bordo
al hombre prestante de mil batallas,
los vejámenes hechos por los enemigos
de la patria en tu ausencia siguen impunes,
el pueblo impetrando en el istmo tu
llegada.

Te necesitan, apúrate; ¡Oh, general eximio!
A tus enemigos los acosa un sentimiento
inefable de miedo y delirio
al saber que tú vienes en camino.

La consigna libertadora te precede,
apúrate, no te demores; ¡Oh, general bizarro!
Tu rostro impoluto choca contra la brisa
etérea del pacifico.

No te detengas ¡Oh, velero sublime!
que llevas en tu vientre más que aun liberal
a un auténtico REVOLUCIONARIO.

IDUS DE SEPTIEMBRE

Día de la ficticia independencia,
día que escogieron los cipayos
para convertirse en verdugos
de la tragedia más grande
de esta prolífica tierra,
pero que llena de ignorancia y fanatismo
no dejan fecundarla.

Día que se cierne una penumbra
por todo el paraje infausto
que en pocas horas beberá la sangre
de un héroe mítico.
El sol se esconde en el crepúsculo
para no ver tan infame episodio,
la fatídica hora se acerca,
se escucha a lo lejos seis campanadas

una ráfaga de disparos queriendo acabar
con el gigante movimiento unionista,
cae el cuerpo aún con vida
y en su agonía grita; ¡Sigo vivo..!

Solo se escucha un disparo más,
un relámpago recorre el cielo
su estruendo estremece el lugar,
una lagrima cae del cielo,
seguido una copiosa lluvia
y su sonoro chasqueo
suena como una endecha sublime,
todos con estupor miran el cuerpo
que yace inerte en el suelo
y para completar la pérfida hazaña
dan la orden de dejarlo en el lodo.

Pero vemos como la magnanimidad
de este genio prestante y su nobleza
ha plasmado el perdón para sus verdugos
en su último escrito.

Fue un jueves día que escogieron los
serviles para que olvidáramos
al Señor del Triunfo, al genio poderoso, al
general conspicuo, al hombre noble, al
pensador ilustre, al estratega
revolucionario inclaudicable y vemos que
la alevosa acción de estos
serviles ha cumplido su cometido de
enterrarlo en el hito de la historia.

Empero habemos algunos que si lo
recordamos y lo recordaremos SIEMPRE.

Dibujo elaborado por Francisco Cisneros en 1840

SEÑOR DEL TRIUNFO

Era una tierra inerte
ceñida por el oscurantismo
se veían toda clase de injusticias
orgias de violencia por doquier
la moralidad y el honor no existían
era un mito enterrado
en lo más profundo de las añoranzas
soñadas por las mentes
que desvariaban con denuedo
y es entonces
que surge como la eclosión de una flor
un albor en la lobreguez
de una noche sin estrellas
cabalgando en su corcel
y blandiendo su espada
por este interregno sin férula
ocultando su mirada bajo el sombrero
en el fulgor del alba

Con estupor el pueblo lo aclamaba
miraba en él
sus inquebrantables virtudes
y sus inexorables convicciones
y es entonces
que el pueblo se unió a él en la lucha
en contra de la ignominia
arraigada en esta tierra
por la ignorancia y la superstición
inducida por los traidores
y en lo prolijo de esta guerra
los traidores solo observaban
sus derrotas, unas tras otras,
humillación tras humillación
y es entonces
que tramaron un plan para detenerlo
en el que le daban toda la autoridad
y lo alababan cual mesías los había
despertado del letargo y comenzaron
a urdir como falsos neófitos

desde adentro empezaron a destruir
cual caballo de trolla
todo símbolo de honor
el portentoso hombre del triunfo
no se percató de tal pérfida
y es entonces
que la paradoja y la incongruencia surgen
de cuanto los verdaderos traidores
juzgan al Héroe como traidor

Pero en la posteridad
siempre germina la verdad
y el pueblo la sabe
la verdad sobre
EL SEÑOR DEL TRIUNFO

Retrato al carboncillo del
General Francisco Morazán en la época que fue
Presidente de la Federación Centroamericana.

HONRA A MORAZÁN

Al esparcidor del veneno revolucionario como los infaustos e infames serviles te decían, en esta gloriosa tierra que te vio nacer, luchar inclaudicable y forjar un sueño que vio su destrucción por los innobles entreguistas y aciagos que conjuraron en santa jauría contra tí, de ver una unida, fuerte, prodigiosa nación Centroamericana.

Es un honor haber nacido en el mismo lugar del hombre más brillante que alguna vez tuvo Centroamérica, exaltando el fuego y el espíritu de los hombres, mujeres y principalmente de los jóvenes a quien fue su ultimo llamado para velar por los intereses de la patria, hasta con la vida si fuera necesario.

Nos queda de ti; tu pensamiento revolucionario, tus gloriosos éxitos en batalla, tus principios inexorables, tu carácter indómito y tu daguerrotipo portentoso e imponente, tu amor por esta prodigiosa tierra. Fueron muchos idilios los que vivió tu corazón pero ningún amor fue tan puro, ni tan solemne como la dilección por Centroamérica.

Tu letra indeleble con vehemencia refulge de tus últimos momentos. Tu impavidez ingente ante cualquier situación temeraria y de arredro, solamente te merecen nuestros plácemes.

Ese demonio de tres cabezas; el clero, la aristocracia Centroamericana y la pérfida Albión, en conflagración contra tú ideal y tú esgrimiendo tu espada al punto de inmolar tu vida por un sueño, por un pueblo, por una tierra,

"y como tal, vas derecho al frente de guerra de tu tragedia a recibir el beso de la muerte"
[1]

Y tu lucha histórica, ha sido la historia de la humanidad; "el encuentro violento entre el espíritu que se alza y la fuerza que lo aplaca, entre la fresca idea que nace para abrirse paso en la eclosión social de su naturaleza solicitada y la de los poderes que pugnan por dominarla y matarla" [2]

"Morazán es la ruta iluminada, es la huella que debemos seguir" [3]

MORAZÁN SINÓNIMO DE HONOR

[1] Filánder Díaz Chávez <<En el Frente de la Tragedia>>
[2] Julio Escoto <<El general Morazán marcha desde la muerte>>
[3] Julio Cesar Navarro, Miguel Ángel Cabrera <<Bosquejo Cronológico de Francisco Morazán>>

Oleo hecho por Álvaro Canales (1966)

Made in the USA
Columbia, SC
11 August 2025